Fred

Volume 1

la courte échelle

Les éditions de la courte échelle inc.
160, rue Saint-Viateur Est, bureau 404
Montréal (Québec) H2T 1A8
www.courteechelle.com

Direction artistique : Jean-François Lejeune
Conception de la couverture : Sara Bourgoin
Conception graphique de l'intérieur : Sophie Lemire

Dépôt légal, 4ᵉ trimestre 2009
Bibliothèque nationale du Québec

La courte échelle reconnaît l'aide financière du gouvernement du Canada
par l'entremise du Programme d'aide au développement de l'industrie de
l'édition pour ses activités d'édition. La courte échelle est aussi inscrite au
programme de subvention globale du Conseil des Arts du Canada et reçoit
l'appui du gouvernement du Québec par l'intermédiaire de la SODEC.

La courte échelle bénéficie également du Programme de crédit d'impôt
pour l'édition de livres – Gestion SODEC – du gouvernement du Québec.

**Catalogage avant publication de Bibliothèque et Archives nationales
du Québec et Bibliothèque et Archives Canada**

Croteau, Marie-Danielle

Fred

(Premier roman)

Publ. à l'origine en volumes séparés.
Sommaire: v. 1. Trois punaises contre deux géants ;
Des citrouilles pour Cendrillon ; L'été du cochon.
Pour enfants de 7 ans et plus.

ISBN 978-2-89651-336-9 (v. 1)

I. St-Aubin, Bruno. II. Titre. III. Collection: Premier roman.

PS8555.R618F73 2009   jC843'.54   C2009-941654-9
PS9555.R618F73 2009

Imprimé au Canada

Marie-Danielle Croteau

Après quelques détours, Marie-Danielle Croteau a réussi à marier ses deux passions : voyager et écrire. À bord de son voilier-maison, elle a parcouru le monde avec son mari et ses enfants, qui sont nés en Afrique tous les deux. En famille, ils ont vogué sur l'Atlantique et le Pacifique, découvrant de nombreux pays et paysages. En grandissant, les petits ont eu envie d'amis, de vélos, d'animaux : la famille a donc mis pied à terre. Mais ne vous y trompez pas, Marie-Danielle est toujours prête à repartir pour une nouvelle aventure !

Bruno Saint-Aubin

Bruno Saint-Aubin est un amoureux de la nature qui profite à plein temps de la vie. Il habite à la campagne avec sa petite famille et se lève tôt le matin pour travailler sur ses illustrations. Pour se détendre, il s'amuse à faire du théâtre de marionnettes. Depuis qu'il est petit, il a appris à naviguer dans son imagination entre la Terre et la Lune. Il y va encore aujourd'hui pour trouver des idées ! Mais son inspiration, il la trouve surtout auprès de ses chats, qui sont ses modèles favoris.

De la même auteure à la courte échelle

Collection Albums

L'autobus colère

Série Il était une fois...
Un rêveur qui aimait la mer et les poissons dorés
La petite fille qui voulait être roi

Collection Premier Roman

Série Fred :
Le chat de mes rêves
Le trésor de mon père
Trois punaises contre deux géants
Mon chat est un oiseau de nuit
Des citrouilles pour Cendrillon
Ma nuit dans les glaces
Mais qui sont les Hoo ?
Une lettre en miettes
L'été du cochon

Collection Roman Jeunesse

Série Les corsaires :
Les corsaires du capitaine Croquette
Des fantômes sous la mer
Un bruit la nuit

Série Avril et Sara :
De l'or dans les sabots
La prison de verre

Collection Ado

Lettre à Madeleine
Et si quelqu'un venait un jour

Série Anna :
Un vent de liberté
Un monde à la dérive
Un pas dans l'éternité

Fred et son chat Ric voyagent !

Les lecteurs de plusieurs pays du monde suivent les aventures de Fred et de son chat Ric. Elles sont traduites en anglais, en espagnol et en arabe.

Des honneurs pour Marie-Danielle Croteau

• Prix du livre M. Christie, sceau d'argent pour *L'autobus colère* (2004)

• Sélection White Ravens de la Bibliothèque Internationale de Munich pour *Mais qui sont les Hoo ?* (2003)

• Sélection White Ravens de la Bibliothèque Internationale de Munich pour *Ma nuit dans les glaces* (2002)

• Finaliste, Prix Brive/Montréal pour *Un pas dans l'éternité* (1997)

• Finaliste, Prix Saint-Exupéry pour *Un vent de liberté* (1994)

• Finaliste, Prix du Gouverneur Général du Canada pour *Un monde à la dérive* (1994)

Marie-Danielle Croteau

Trois punaises contre deux géants

Illustrations
de Bruno St-Aubin

la courte échelle

1
À la une

C'est bizarre, la vie. Hier, j'avais des ennuis par-dessus la tête et, ce matin, me voilà dans le journal.

Ma grand-mère, mon chat et moi, nous sommes photographiés en première page de *La Presse*. Tous les trois, nous affichons le même grand sourire en forme de banane.

Au-dessus de la photo, le titre annonce, comme au cinéma: «TROIS PUNAISES CONTRE DEUX GÉANTS».

Quelle aventure! En douze heures, je suis passé du rire

jaune à la peur bleue. Puis, je suis devenu blanc comme un frigidaire... blanc.

Quand le pire a été passé, j'ai vu mon visage dans une glace:

j'étais vert limette.

Une petite journée pour re-prendre mes couleurs et je re-tourne en classe. Je n'ai jamais eu aussi hâte d'aller à l'école. Un pupitre, des livres, des crayons: comme ce sera calme! Je vais enfin pouvoir me reposer...

2
Jaki

Toute cette histoire a commencé le premier dimanche de mars.

Ce jour-là, il faisait soleil et la neige commençait à fondre. On aurait cru le printemps.

J'aurais dû être dehors, mais mon père, André, avait besoin de moi. Alors je l'attendais dans la salle à manger, mon chat Ric sur les genoux.

J'étais avec ma mère, Liane, et mon petit frère, Paul. Ce dernier lançait ses croûtes, et Liane essayait de les attraper avant qu'elles touchent à terre.

Il y avait de l'excitation dans

l'air. Même mon père était de la partie. Il prenait sa douche en chantant *Rigoletto*, un opéra plus rigolo sous l'eau qu'à la radio.

J'allais me lancer dans l'opéra ou la guerre des croûtes, quand mon père est arrivé. Il a pris son souffle, puis il a entonné, d'une voix de ténor:

— Fredo! Mets ton manteau! On s'en va en autoooo...

Pauvre Ric! Il a dû croire que c'était le tonnerre! À la première note, il a bondi et il s'est enfui vers ma chambre.

J'ai voulu le rassurer, mais papa ne m'en a pas laissé le temps.

— Dépêche! On va être en retard!

— En retard? Où va-t-on?

— On s'en va chercher ta grand-mère à l'aéroport.

Ma grand-maman de Vancouver qui venait nous voir? Ça, c'était une nouvelle fantastique! J'ai vite enfilé mon manteau et nous sommes partis.

En route, papa m'a expliqué que sa mère resterait avec nous quelques semaines. Mes parents avaient décidé d'agrandir leur poissonnerie et de rénover une partie de notre maison. Ma grand-mère s'occuperait de Paul et de moi pendant toute la durée des travaux.

Mon père ne m'avait pas annoncé sa visite, et il m'a expliqué pourquoi. La dernière fois, je n'avais pas fermé l'oeil de la nuit, la veille de son arrivée.

J'adore ma grand-mère. Malheureusement, je ne la vois pas souvent. Alors quand elle vient, je suis un peu... euh... «agité», comme dit papa.

Il y a de quoi! C'est presque tous les jours fête. Nous célébrons Noël, Pâques, mon anniversaire, la Saint-Valentin, l'Halloween... Enfin bref, toutes les fêtes qui ont eu lieu depuis sa dernière visite.

Ma grand-mère se nomme Jacqueline, mais tout le monde

l'appelle Jaki. Il paraît qu'on se ressemble, elle et moi. Jaki est toute petite. C'est une grand-maman miniature.

Elle a les yeux couleur bleuet. Sur le bout de son nez retroussé, elle porte des lunettes rondes.

Ses cheveux sont gris souris. Elle n'en a pas beaucoup, mais elle en est très fière. Elle les remonte et les attache sur le dessus de sa tête. C'est ce qu'elle appelle sa coiffure «queue de pomme».

Jaki connaît des tas de trucs. Elle fait de la danse à claquettes. Elle joue de la bombarde et de l'accordéon. Elle fait du vélo, du ski et du patin à roulettes.

Ma grand-mère, ce n'est pas une grand-mère. C'est un événement!

3
Comme un petit chien

Son béret vert, posé comme une feuille sur sa queue de pomme. Un manteau mauve. Un parapluie rouge et un sac à main bleu: Jaki était là, en chair, en os et en couleurs.

Il nous a fallu deux chariots pour transporter ses bagages, tellement il y en avait. Mon père était découragé:

— On a une machine à laver, tu sais. Tu n'avais pas besoin de prendre autant d'affaires!

— Qu'est-ce que tu crois, fiston? Il n'y a pas que des guenilles, là-dedans!

Sur le chemin du retour, grand-mère nous a expliqué son point de vue:

— La rénovation, vous savez, c'est comme la picote. Ça se répand partout. On arrache un petit bout de papier peint et le mur vient avec. Alors il faut refaire le mur.

— Mais je n'ai pas l'intention... a commencé mon père.

— Teut teut teut. Tout le monde pense ça. Et puis après, on se dit: aussi bien continuer. En tout cas, moi, je me suis préparée au pire.

Jusqu'à la maison, ma grand-mère n'a pas cessé de parler. Moi, je l'écoutais, assis sur le bout de mon siège. Ma ceinture de sécurité étirée jusqu'à la limite, je ne laissais rien passer.

Nous sommes enfin arrivés. J'avais hâte de présenter Ric à grand-mère. Lors de sa dernière visite, je n'avais pas encore mon chat.

— Oh! Le beau petit chien! s'est écriée Jaki en apercevant Ric.

Il a couru vers moi et m'a sauté dans les bras.

— Mais, mamie, ce n'est pas un chien! C'est un chat!

— Un chat, ça? Impossible!

Je n'ai jamais vu un chat qui agite la queue en voyant son maître! Ce n'est pas un minou, ton matou, c'est un pitou!

Tout le monde a ri. Tout le monde, sauf moi. Même si c'était drôle. J'ai mon orgueil. Un chat, c'est un chat! C'est fier et c'est propre.

Je n'ai jamais eu besoin de suivre Ric avec un journal pour ramasser ses crottes... Avant qu'elles s'écrasent sur le trottoir! Je n'ai jamais été obligé de l'empêcher de boire dans les toilettes.

— Ne le prends pas mal, Fredo! a répliqué grand-mère. Il se pourrait bien que tu possèdes une espèce animale très rare. Un «chaien». Qu'est-ce que tu en penses? Une petite bête semblable doit valoir une fortune...

De nouveau, tout le monde a ri. Et moi aussi. Au fond, Jaki me disait que mon Ric était différent des autres chats. Ça, je l'avais toujours su. Alors chat, chien ou chaien, qu'importe?

Je me moquais bien de savoir s'il valait une fortune aux yeux des autres. Ce qui comptait, pour moi, c'est que Ric était

mon trésor. Je l'ai serré comme on serre son bien le plus précieux, puis je l'ai posé à terre.

Mais au lieu de s'en aller, Ric s'est couché à mes pieds. Il a écouté les histoires de grand-mère jusqu'au moment où elle est montée dans sa chambre.

Alors il s'est levé, lui aussi, et il l'a suivie.

Comme un petit chien.

4
Le château de mon chat

Grand-mère avait raison, au sujet de la rénovation. Ça se répand partout.

Une semaine plus tard, la maison était devenue un véritable chantier. Ça sciait dans un coin, ça peignait dans l'autre. Entre les deux, ça refaisait des plâtres et ça taillait des vitres.

J'aurais bien aimé travailler, moi aussi. Mais maman avait peur que je me blesse. Alors, pour me distraire, Jaki m'a demandé ce que je souhaitais pour mon prochain anniversaire.

— Puisque je ne serai pas ici

en mai, aussi bien fêter maintenant.

Je n'ai pas hésité un seul instant:

— Une grande cage pour
mon chat!

— Très bien, a dit grand-
mère. Peux-tu garder ton petit
frère une heure ou deux? Je vais
faire un saut à l'animalerie. Si
tu as des problèmes, ta mère est
en haut.

Jaki est revenue une heure et
vingt-sept minutes plus tard. Je
le sais, parce que je consultais
ma montre toutes les deux secondes. Et les secondes suivan-
tes, je regardais par la fenêtre.

Avec ses couleurs Disney,
grand-maman était facile à re-
pérer. Je l'ai vue arriver de loin.
Chose curieuse, cependant, elle

n'avait rien dans les bras.

Il a fallu que Jaki se rapproche pour que je comprenne. La cage n'était pas devant elle, mais derrière.

Une très grande cage grise avec l'inscription «KENNEL CAB II» au-dessus de la porte grillagée. Grand-mère la transportait sur une voiturette rouge qu'elle tirait par la poignée.

Quand Jaki est entrée, j'avais déjà téléphoné à Guillaume et à Steve. Je voulais qu'ils voient le château de mon chat.

Steve, l'Anglais, mon ex-ennemi, a pouffé de rire:

— Sais-tu ce que ça veut dire, *kennel*? Ça veut dire que c'est une cage pour un chien, pas pour un chat!

Incrédule, je me suis tourné

vers Jaki.

— Tu voulais une grande cage, j'ai pris la plus grande...

Je ne savais plus quoi penser.

— Eh bien! Toi qui mourais d'envie de bricoler quelque chose, a dit grand-mère, peins-la!

Quelle bonne idée! Nous avons peint les côtés en jaune et le toit en rouge. Avec du vert, nous avons dessiné des fenêtres et nous avons coloré le cadre de la porte. Là où il y avait des lettres, nous avons inscrit: «RIC-MOBILE 1».

Le 1, c'était pour faire plus sérieux.

Mon chat avait maintenant une caravane, et elle était aussi belle que celle d'un cirque. Je n'avais plus qu'une envie: la

montrer au monde entier.

Du coup, je me suis mis à chercher des raisons de sortir. Surtout que la fin de mars approchait et qu'il commençait à faire plus chaud.

— Je sais où tu pourrais aller, Fred, me dit Jaki deux samedis plus tard.

Le matin même, nous avions reçu un gros colis de l'imprimerie. Deux piles de dépliants annonçant la réouverture de la poissonnerie.

On avait fermé la boutique pendant les travaux, mais elle rouvrirait le premier avril. Pour cette raison, on l'avait rebaptisée «Poisson d'avril».

C'est grand-mère qui avait suggéré ce nom. Tout d'abord, André et Liane n'avaient pas pris l'idée au sérieux. Mais à bien y penser, ils l'avaient trouvée excellente.

En voyant le dépliant, les gens croiraient à une blague. Ils liraient l'annonce. Intrigués, ils viendraient voir sur place.

Sans s'en douter, ils se fe-raient prendre au poisson d'avril de mes parents. C'était jouer un bon tour aux clients de la pois-sonnerie.

Une fois de plus, Guillaume et Steve sont venus m'aider. Nous avons entassé les dépliants et mon chat dans la caravane, puis nous sommes partis. Inutile de dire que nous ne passions pas inaperçus.

Les gens nous observaient.

Ils regardaient la Ric-mobile. Ils lisaient le papier où était écrit en très grosses lettres POISSON D'AVRIL. Et ils éclataient de rire.

C'était gagné d'avance. Ils viendraient certainement à l'ouverture de la poissonnerie.

5
Panique à bord

Hier, c'était le premier avril. La poissonnerie était noire de monde. On aurait dit un aréna, un soir de finale au hockey. On pouvait à peine circuler entre les comptoirs et les viviers à homards.

— Ne reste pas là, Fred, me dit Jaki. Tu vas te faire écraser! Amène tes amis à la maison. Ce sera plus amusant qu'ici.

Guillaume, Steve et moi, nous avons suivi ma grand-mère. Dans ses bras, elle portait mon petit frère qui hurlait. C'était vraiment pratique: les gens se poussaient pour les laisser passer.

Même après avoir échappé à la foule, Paul continuait de crier à tue-tête. Jaki ne savait plus quoi faire pour le consoler. Elle avait essayé les grimaces, les guili-guili, la danse à claquettes, la bombarde et l'accordéon. Rien à faire.

— Donne-le-moi, mamie. On va s'en occuper.

Je connaissais un moyen sûr pour le consoler.

— Qu'est-ce que tu vas faire? a demandé Guillaume.

J'ai amené Paul et mes amis à la chambre de mes parents.

Les travaux n'étaient pas encore terminés dans cette pièce. Il y avait un trou dans le plancher pour faire passer des fils électriques.

Mais ce n'était pas le trou qui m'intéressait.

J'ai couché mon petit frère sur le nouveau lit de mes parents. Ses pleurs se sont arrêtés.

C'était comme si j'avais posé Paul sur une mare de Jell-O. Sous son poids, toute la surface du lit s'est mise à onduler.

— Wow! s'est exclamé Steve. Qu'est-ce que c'est?

— Ça, monsieur, c'est un lit d'eau, ai-je répondu en retroussant le nez.

J'ai enfoncé mon poing dans le lit pour le faire bouger.

C'est épatant d'épater ses amis. Je me sentais aussi important que si j'avais découvert un fossile de ptérodactyle.

— Ce n'est pas un lit, a rétorqué Guillaume. C'est un bateau!

Encouragé par l'effet que produisait ma démonstration, je me suis jeté à côté de Paul. J'ai commencé à bouger des pieds à la tête, à la manière d'un dauphin.

Je sentais l'eau dans mon dos. Elle montait et descendait, comme une vague.

— C'est bien plus qu'un bateau, mon vieux. C'est l'océan!

— Wow! a répété Steve, qui n'en revenait pas. Comment ça fonctionne?

En fier capitaine Fracasse que

j'étais, je me suis empressé de fournir des explications. J'ai mis Paul à terre et j'ai débarrassé le lit de ses couvertures.

Puis, j'ai montré à mes amis le gros sac en caoutchouc qui servait de matelas.

— Croyez-le ou non, il y a six cents litres d'eau là-dedans!

— Tu crois qu'on peut l'essayer? a risqué Guillaume.

— Évidemment! Tu as vu l'épaisseur du caoutchouc?

À mon signal, nous avons tous grimpé sur le lit.

Le matelas se déformait sous notre poids. Le caoutchouc se creusait, et les côtés étaient supertendus.

Mes amis s'inquiétaient un peu, au début, mais je les ai rassurés:

— C'est normal! L'eau qu'on pousse avec nos pieds doit bien s'en aller quelque part...

Après, ils ont commencé à s'amuser pour de bon. C'était fantastique. On aurait dit une vraie mer. Des crêtes et des creux se déplaçaient au gré de nos mouvements.

Steve s'est mis à imiter le bruit du vent:

— Vouououou...

Plus ça allait, plus le vent soufflait et plus la mer se déchaînait. Nous étions si occupés à naviguer, dans cette tempête, que personne n'a vu Paul arriver.

Puis j'ai entendu un miaulement épouvantable et je me suis retourné. Paul s'approchait en chancelant. Il tenait mon chat par le milieu du corps.

Les quatre pattes dans le vide, Ric essayait de s'échapper. Guillaume et Steve trouvaient ça très drôle. Moi, pas du tout. Surtout lorsqu'ils ont crié à Paul de mettre Ric sur le lit.

Les chats n'aiment pas l'eau,

tout le monde le sait. Ce que mes amis ignoraient, c'est que les chats détestent encore plus les lits d'eau. J'étais au courant: j'avais déjà mis Ric sur le lit et il s'était enfui, épouvanté.

Avec toute la petite force de ses deux ans, Paul a lancé Ric dans notre direction.

J'ai hurlé «non!» mais c'était déjà trop tard.

Ric planait, projeté comme une vulgaire croûte de pain. Il a atterri, toutes griffes sorties, sur la crête d'une vague. Une bosse, grosse et dure comme un ballon gonflé à bloc.

Pouf! Le ballon a éclaté. L'eau a giclé dans tous les sens, et le pauvre Ric est devenu fou. Il s'agrippait au caoutchouc avec une telle obstination que j'étais incapable de l'en arracher.

Si bien que le trou ne cessait de s'agrandir et que l'eau jaillissait de plus belle. Elle coulait vers le mur et s'engouffrait dans le trou du plancher.

C'était la panique générale à bord. Mais aucun de nous ne pensait à abandonner le navire. Nous poussions et tirions sur mon chat pour essayer de dégager ses griffes.

Nous ne nous rendions pas compte qu'avec notre poids, nous refoulions l'eau vers le haut.

Et nous nous rendions encore moins compte de ce qui se passait en dessous, dans la poissonnerie. Ça criait, en bas, mais nous ne savions pas pourquoi.

La réponse est arrivée à peu

près en même temps que la question. Les six cents litres d'eau du lit de mes parents se déversaient sur la tête des clients...

6
Le cri de Ric

Je ne sais pas comment mon père a fait pour grimper les marches aussi vite. Il est arrivé dans la pièce avant même que nous ne songions à descendre du lit.

André était rouge comme une cerise. En colère comme je ne l'avais jamais vu. Quand il a aperçu Ric, il s'est jeté sur lui.

Un poids additionnel sur le lit, ça faisait encore plus d'eau dans les airs. L'idée nous est enfin venue de sauter à terre.

La toile s'est détendue, et nous avons libéré les griffes du chat. Mon père tirait sur Ric à

ce moment-là. Il a culbuté et s'est retrouvé sur le dos, un chat mouillé dans les mains.

Il a hurlé:

— Je vais l'égorger!

Heureusement, Jaki l'avait suivi. Elle a fait tout ce qu'elle pouvait pour le calmer. Elle a sauvé la vie de mon chat. Mais elle n'a pas pu empêcher mon père de me punir.

Papa a pris Ric par la peau du cou et il est descendu. Mes amis ont filé en douce. Quant à moi, j'étais condamné à passer le reste de la journée dans ma chambre.

Je me suis enterré sous mes couvertures et j'ai pleuré. Je regrettais ce qui s'était passé. À cause de moi, la réouverture de la poissonnerie avait viré au désastre.

Mais surtout, j'avais peur pour mon pauvre petit chat. Qu'est-ce que mon père déciderait à son sujet? J'imaginais le pire.

Après tout, il devait y avoir pour des centaines de dollars de dommages à la boutique. Sans compter le matelas du lit d'eau, qui était tout déchiré.

J'ai fini par m'endormir. Bien entendu, le cauchemar m'a suivi dans mon sommeil. Je me suis réveillé en sursaut. André s'apprêtait à jeter Ric dans une rivière, une grosse pierre attachée à son cou.

Dans la maison, rien ne bougeait. J'ai regardé l'heure sur mon réveil. Minuit. Tout le monde dormait. Je me suis levé et je suis descendu sur la pointe des pieds.

J'ai trouvé mon chat enfermé dans sa cage, au fond de la cuisine. Ça m'a brisé le coeur. Cette cage, c'était une maison. Pas une prison.

J'ai pris Ric dans mes bras et je l'ai caressé quelques instants. Puis j'ai décidé de le ramener dans ma chambre.

Sans lui, je ne pourrais jamais me rendormir.

J'allais m'engager dans l'escalier, quand une idée m'a traversé l'esprit. C'était le moment ou jamais d'aller constater l'ampleur des dégâts, dans la poissonnerie.

Pour passer de la cuisine au Poisson d'avril, il faut franchir deux portes. Entre elles, il y a un petit vestibule.

J'ai ouvert et refermé la première porte tout doucement. Je ne voulais surtout pas réveiller mes parents.

Je me suis attardé dans le vestibule. J'avais peur de ce que je découvrirais. Ça ne devait pas être beau à voir, là-dedans.

J'allais ouvrir quand, soudain, j'ai entendu du bruit venant de la poissonnerie. Zut! Et moi qui croyais que mes parents dormaient! Ils étaient probablement en train de faire le ménage...

J'ai traîné encore quelques minutes. J'entendais des beding

bedang qui ne sonnaient pas très joyeux. Oh là là! Ils n'étaient pas de bonne humeur!

J'ai failli rebrousser chemin. Puis je me suis dit que je devrais peut-être aller les aider. Ce serait une façon de me faire pardonner.

Je pourrais aussi leur expliquer ce qui s'était passé. Ce n'était pas juste que Ric paye pour mes bêtises.

J'ai pris une grande inspiration et j'ai tourné la poignée. Sans faire de bruit, j'ai poussé la porte et j'ai fait un pas en avant.

Je gardais les yeux rivés sur mes souliers. Je voulais que Liane et André comprennent à quel point je me sentais piteux. Ensuite, tout est allé très vite.

J'ai aperçu deux hommes masqués qui s'éclairaient avec des lampes de poche. Des voleurs! Le coup du Poisson d'avril avait tellement bien marché que même les bandits connaissaient notre poissonnerie.

Si j'en avais été capable, j'aurais crié au secours, mais je ne pouvais pas. J'étais figé comme du pudding au tapioca. De toute façon, je n'en ai même pas eu le temps.

En voyant que des malfaiteurs s'attaquaient à «sa» poissonnerie, Ric a poussé un cri terrifiant. Un miaulement qui s'étirait, s'étirait...

Difficile de décrire un son pareil. Ça ressemblait au bruit d'une scie qui entre dans un billot de bois. Chose certaine en

Trois punaises contre deux géants

tout cas, ça m'a défrisé tout raide.

Arrivé au bout de son cri, Ric a sauté à la gorge d'un voleur. Il lui a planté ses griffes dans le cou. Et il y est resté suspendu jusqu'à ce que les renforts arrivent.

L'homme hurlait de douleur, se tortillait et jurait de rage. Mais quand Ric s'accroche, il s'accroche. Je l'avais vu à l'oeuvre avec le lit d'eau. Je pouvais lui faire confiance.

En entendant ces cris, l'autre voleur a pris la fuite. Moi, j'ai filé vers la cuisine et j'ai composé le 911.

Jaki est arrivée sur ces entrefaites, vêtue de son peignoir en ratine rose. Elle fonçait dans la nuit, sa queue de pomme de travers sur la tête. Elle portait son parapluie comme un mousquetaire son épée, à bout de bras.

Ma grand-mère était prête pour un grand combat.

D'une main, elle a planté son parapluie entre les deux yeux du voleur en l'avertissant:

— Tu as intérêt à ne pas bouger, mon vieux!

De l'autre main, elle a dénoué sa ceinture et me l'a tendue:

— Attache-lui les mains dans le dos, Fred. N'aie pas peur. Ric et moi, on te couvre.

7
Un chat policier

Oh là là! Quelle nuit!

Mon père est arrivé peu après. Il ne comprenait rien. Ni moi ni Jaki n'étions en position de lui expliquer ce qui s'était passé. Nous étions trop occupés à surveiller notre voleur.

— On te racontera ça plus tard, André. Pour l'instant, va donc allumer. On ne voit pas grand-chose, ici!

Tout ce que nous avions pour nous éclairer, c'était la lampe de poche du bandit. Jaki l'avait ramassée par terre et elle la tenait le bras tendu. D'un côté le parapluie, de l'autre la lampe.

— L'électricité est bousillée, a répondu mon père. Avec toute cette eau...

Heureusement, les policiers ont fait vite. Ils sont venus à quatre, dans deux voitures. Il y avait aussi un car de reportage.

Un photographe nous a envoyé au moins six flashes dans les yeux. Veux, veux pas, j'ai fini par sourire.

Deux agents sont repartis avec notre homme, après l'avoir fouillé. Les deux autres sont restés. Ils ont inspecté les lieux avec leurs lampes.

Ça m'a permis de voir que la réalité était encore pire que mon pire cauchemar.

Les tuiles du plafond étaient complètement imbibées d'eau.

Une dizaine d'entre elles pen-douillaient au-dessus de nos têtes.

Le plancher était couvert de poudre de plâtre ou de je ne sais trop quoi. Les viviers étaient pleins de saletés.

Il y avait de quoi irriter le plus gentil et le plus patient des pères.

— Ouais... ce n'est pas votre journée! a remarqué l'un des policiers. Vous n'auriez pas un petit bout de table? Il faudrait rédiger une déclaration.

Nous les avons conduits, lui et son collègue, dans la cuisine. Pendant que Jaki et moi racontions notre aventure, ma mère préparait du chocolat chaud.

Elle avait fini par descendre, après avoir calmé Paul. Mon

petit frère s'était réveillé en pleurant, à cause des sirènes.

Les policiers nous ont demandé un tas de choses. Pourquoi n'avions-nous pas de système d'alarme? L'inondation. Comment se faisait-il que la poissonnerie était dans un état pareil? L'inondation. Ce que je faisais là en pleine nuit? L'inondation.

Chaque fois que mon père prononçait ce mot, je m'enfonçais un peu plus dans mon siège. Au moment où j'allais disparaître sous la table, le plus vieux des agents m'a regardé:

— Qu'est-ce qui se passe, petit? À ta place, je ne me cacherais pas. Il y a de quoi être fier. C'est un sacré chaton que tu as là. Un chat de garde, ça ne court pas les rues! C'est quoi, comme race?

— Un chat policier, a lancé Jaki à brûle-pourpoint.

Par bonheur, les deux types avaient le sens de l'humour. Ils ont éclaté de rire. Et pour la première fois depuis le début de l'interrogatoire, mon père a souri. L'agent s'en est sans doute aperçu. Il a dit:

— Vous aussi, monsieur, vous pouvez être fier. Votre mère, votre fils et son chat ont capturé un vrai de vrai bandit. Il s'était évadé de prison le mois dernier.

— Quoi? Mais qu'est-ce qu'il est venu faire dans un petit commerce comme le nôtre?

— Comme tout le monde, je suppose, a répondu l'agent en se levant. Courir le poisson d'avril!

Les policiers sont partis, et nous nous sommes préparés à regagner nos chambres. Mon père semblait de meilleure humeur, mais moi, j'avais encore le coeur gros.

Maman m'a pris dans ses bras.

— Tu sais, Fred, ton père ne pensait pas vraiment ce qu'il a dit, à propos de Ric. Il était fâché, c'est sûr, mais jamais il n'aurait fait de mal à ton chat. Il sait combien il est important pour toi.

Je n'en pouvais plus. De honte, de fatigue, de peur. J'ai éclaté en sanglots.

— Oui, mais la poissonneriiiiiiie?

Grand-mère s'est approchée et nous a enlacés tous les deux.

— Je dois plusieurs cadeaux à tes parents, Fred. Je ne savais pas quoi leur offrir. Maintenant, je le sais: un grand ménage. Tu vois, tu m'as rendu service.

Nous étions entassés comme des raisins sur une grappe, tous les trois. Il ne manquait plus que mon père. Mais où était-il donc passé?

— Ici!

Nous nous sommes retournés. André nous attendait en haut de l'escalier. Dans ses bras croisés, il tenait quelque chose de bizarre. Nous avons monté quelques marches et nous avons vu ce que c'était.

Une grande casquette de policier. Dieu sait où il l'avait dénichée! André a soulevé le coin de la casquette.

Mon chat était là, pelotonné dans les bras de mon père. Ric a dressé son oreille gauche et a ouvert sa gueule toute grande.

J'ai cru entendre: «Miaaawouf!»

Mais j'étais tellement fatigué. Il se peut bien que je me sois trompé. Quoique...

— Jaki! Un chaien, est-ce que ça miauboie?

Marie-Danielle Croteau

Des citrouilles pour Cendrillon

Illustrations
de Bruno St-Aubin

la courte échelle

1
Drôle de rêve

Hier, j'ai fait un rêve orange. Il n'y avait ni humain ni animal, dans ce rêve. Seulement une couleur. Elle prenait toutes sortes de formes. Elle bougeait, elle parlait comme un être vivant.

Le docteur a expliqué à ma mère que c'était à cause de l'accident. Que j'étais en état de choc. Moi, je ne le crois pas. Je pense que j'ai rêvé à l'été.

Novembre me rend toujours un peu triste. Tellement de pluie! D'habitude, je reste à la fenêtre et j'attends la neige. Cette année, je ne peux pas.

Le médecin a vérifié mes plâtres et m'a assuré que j'allais bien. Ce que je voulais entendre, c'était que j'allais assez bien pour qu'il me les enlève, ces fichus plâtres! Qu'il me rende mes deux jambes et mon bras droit. Qu'il me redonne le moyen de bouger!

Voilà deux semaines que je suis prisonnier de cette chambre blanche qui sent l'hôpital. Forcément, puisque j'y suis. Si au moins je pouvais rentrer chez moi! Sans mon chat, je ne vais pas bien du tout. Quel que soit le diagnostic du médecin...

Ma mère a promis de revenir demain avec une photo de Ric que j'aime beaucoup. Il est dans mes bras et je le serre très fort. Au-dessous, c'est écrit: «Fred-et-Ric, les inséparables».

Des citrouilles pour Cendrillon

Elle en apportera aussi de plus récentes. Celle-là, elle date du temps où je croyais encore qu'à part l'école, rien ne pourrait jamais me séparer de mon chat.

Je n'avais pas prévu ce stupide accident.

— Fred, j'ai une belle surprise pour toi!

Je reconnais la voix de l'infirmière. Ce doit être l'heure du Jell-O, de la mousse à la banane ou du pouding au tapioca. Je connais le scénario et le menu par coeur.

J'ouvre un oeil, pas très enthousiaste, et... qu'est-ce que je vois? Ma grand-mère Jaki!

Elle se penche pour m'embrasser, hésite, recule:

— Oh là là! Tu ne t'es pas raté!

Elle se penche de nouveau et dépose sur mon front un petit baiser léger. Minuscule. Prudent.

— J'ai peur de te faire mal!

— Aucun danger, mamie! Je n'ai rien à la tête!

Alors elle se reprend, me serre très fort et s'assoit sur le bord de mon lit. Elle est si menue, ma

grand-mère! Le matelas ne s'enfonce même pas d'un millimètre.

— Je suis venue aussi vite que j'ai pu, mon Fredo. Malheureusement, j'étais en voyage comme tu le sais. Impossible de changer mon billet de retour!

— Ça ne fait rien, grand-mère. Je suis content que tu sois là!

— Et moi, donc! Tu n'es pas trop fatigué?

— Fatigué? Je ne fais rien de toute la journée!

— Tant mieux. Parce que j'ai bien envie que tu me racontes ce qui est arrivé et, si je ne me trompe pas, ce sera un peu long...

2
Le carrosse
de Cendrillon

Tu te rappelles mon ami Guillaume? Son père, Gérard Dion, possède une ferme à Saint-Yaya. C'est de là que vient Ric.

Guillaume m'avait invité à passer la fin de semaine de l'halloween chez lui.

Ça tombait bien: j'avais besoin d'un refuge pour Ric. Mon petit frère Paul l'avait badigeonné avec la crème à épiler de maman.

Le pauvre! Il avait perdu les trois quarts de son poil. Il ressemblait à un souriceau! Je n'osais plus l'emmener nulle part. J'avais tellement peur que les gens se moquent de lui!

Guillaume m'avait garanti qu'on s'amuserait bien. Depuis que son père avait été élu maire, Saint-Yaya était devenue la capitale de la citrouille. On y fêtait l'halloween en grand, avec défilé et tout le tralala.

Le samedi matin, maman nous a reconduits, Ric et moi. Elle est repartie aussitôt après m'avoir aidé à rentrer mon sac. Elle a toujours beaucoup de travail la fin de semaine.

Après le départ de maman, Guillaume et son père m'ont emmené derrière la grange. Il y avait là un nouveau hangar dont les doubles portes étaient fermées par un énorme cadenas.

Avant d'ouvrir, M. Dion a regardé alentour. Avait-il peur des espions? Par réflexe, je me suis retourné aussi. Rien en vue.

Le père de Guillaume a retiré le cadenas et s'est penché vers son fils. Il lui a murmuré quelque chose à l'oreille. Mon ami a fait un geste avec son pouce pour montrer qu'il avait bien compris. Il est entré dans le hangar et j'ai voulu le suivre.

— Non, non! s'est écrié M. Dion, comme si je m'apprêtais à faire une grosse bêtise. Pas tout de suite!

Au bout de quelques secondes qui m'ont paru très longues, Guillaume a crié: «Prêt!» Alors son père m'a pris par les épaules et m'a fait signe qu'on pouvait y aller. J'étais intrigué. Que pouvait-il bien y avoir de si extraordinaire dans ce hangar?

Je ne tarderais pas à le savoir.

Montée sur un chariot équipé de grandes roues dorées, la plus grosse citrouille du monde se dressait sous mes yeux. «Semée, soignée et récoltée par Dion et fils», expliquait l'écriteau que Guillaume venait de placer, bien en vue, sur le marchepied.

Un potiron de cinq cent dix kilos! Je n'en revenais pas!

Je me suis penché vers l'arrière pour apercevoir le dessus de

Des citrouilles pour Cendrillon

la citrouille. C'était si haut que j'ai failli attraper un torticolis!

J'ai fait le tour du monstre tout en glissant ma main sur sa bedaine orange. Il m'a bien fallu cinq bonnes minutes pour boucler la boucle, tant elle était énorme.

— Et les roues, ai-je demandé, c'est pourquoi?

— Réfléchis, voyons!

Guillaume me dévisageait comme si j'étais le dernier des abrutis.

Soudain, une lumière s'est allumée dans mon cerveau. J'avais devant moi le carrosse de Cendrillon!

Heureux comme un enfant de cinq ans, M. Dion m'a fait grimper dans une échelle installée contre la citrouille. J'ai pu descendre à l'intérieur grâce à un escabeau qui était en place. Guillaume et son père, eux, se tenaient sur un échafaud et me surveillaient.

Là-dedans, c'était sombre et humide comme dans le ventre d'une baleine. Mais les baleines, il paraît qu'elles ont mauvaise haleine. La citrouille de M. Dion, elle, sentait drôlement bon. J'avais l'impression de me trouver dans un sous-marin végétal. D'être tout petit. Une coccinelle au coeur d'un gros fruit.

— Il n'y a plus qu'à percer les fenêtres, a fait Guillaume devant ma mine ahurie.

— Et à installer le fauteuil de notre petite princesse.

— On ferait bien de se dépêcher, papa. Le départ du défilé a lieu dans exactement deux heures.

Des citrouilles pour Cendrillon

— Tu as raison, fiston. Et Karina qui sera là d'un instant à l'autre!

— Karina?

— Cendrillon, si tu préfères, a répondu Gérard Dion. La fille de mon ami Ilia Barkovitch.

Il avait à peine prononcé son nom que nous avons entendu le bruit d'une automobile dans l'allée. M. Dion nous a vite fait sortir et a réinstallé le cadenas sur les portes du hangar.

En marchant vers la maison, il m'a expliqué que la citrouille géante serait le clou du défilé. Personne ne connaissait son existence.

— Même pas Cendrillon?

— La vraie Cendrillon a vu la citrouille se transformer en carrosse sous ses yeux, n'est-ce pas?

Ce sera pareil, avec Karina. Elle aura la surprise de sa vie!

Gérard Dion se trompait. La vraie surprise, c'est lui qui l'aurait!

3
Grosse déception

Ilia Barkovitch descendait les marches du perron quand nous sommes arrivés devant lui.

— Est-ce que Karina nous attend à l'intérieur? a demandé M. Dion en lui tendant la main pour le saluer.

M. Barkovitch a semblé embarrassé. Il s'est dandiné quelques secondes avant de répondre:

— Elle est restée dans l'auto.

— Eh bien! Qu'est-ce que tu attends? Fais-la descendre! Nous allons la présenter à l'ami Fred!

— C'est que... elle n'est pas vraiment présentable...

Barkovitch a jeté un coup d'oeil vers sa voiture et nous l'avons imité. Karina nous observait, l'air malheureuse. Son visage était couvert de petites taches rouges.

— Elle a attrapé la varicelle. Elle s'est levée ce matin avec des boutons partout et une fièvre de cheval.

— Elle est contagieuse?

— Plus maintenant. Par contre, j'ai bien peur qu'elle ne puisse pas jouer le rôle de Cendrillon.

Gérard Dion avait perdu son sourire et paraissait préoccupé. J'étais vraiment désolé pour lui. Et je l'étais tout autant pour Karina. Elle avait sans doute attendu cette journée avec beaucoup d'impatience.

Pour la consoler, j'ai couru chercher mon chat. C'est le seul remède que je connaisse contre le cafard, la tristesse ou même une grosse égratignure. Je le prends dans mes bras et le mal s'en va. J'ai pensé que pour Karina, ça fonctionnerait aussi.

J'avais emmailloté Ric dans une serviette qui cachait sa fourrure pelée de hyène malade.

Seule sa jolie tête dépassait. Karina a tendu les bras et a pris Ric.

La serviette m'est restée dans les mains.

J'étais dans tous mes états! Karina, elle, semblait ne s'être aperçue de rien. C'était comme si elle ne remarquait pas que mon chat était affreux, sans son poil. Elle l'a couché sur ses genoux et l'a caressé entre les deux oreilles.

Ric ronronnait, parfaitement heureux.

Du coup, les vilains boutons de Karina ont disparu. À mes yeux, elle n'avait plus la varicelle. Comme elle était belle avec ses gestes doux de Cendrillon mal aimée! Pourquoi avait-il fallu qu'elle attrape cette maladie débile à cet instant précis?

Tandis que je m'apitoyais sur le sort de Karina, mon propre sort était en train de se jouer.

La discussion, qui allait bon train entre Gérard Dion, Ilia

Barkovitch et Guillaume, s'est arrêtée brusquement. J'ai senti trois regards qui se posaient sur moi. Je me suis retourné.

Les trois complices me dévisageaient en silence, un curieux sourire sur les lèvres.

— Qu'est-ce qu'il y a?

— Tu es notre seule chance, Fred.

Soudain, j'ai compris.

— Nooon, ai-je protesté. Pas ça! Pas me déguiser en fille! Fais-le, toi, Guillaume!

— Guillaume ne peut pas. Il sera le cocher. Il doit conduire l'attelage.

— Trouvez quelqu'un d'autre!

— Il est trop tard, Fred. Le défilé commence dans moins de deux heures et on n'a pas fini de préparer la citrouille.

— Que le carrosse parte sans Cendrillon!

— Tu ne penses pas à tous les enfants qu'il y aura sur le parcours?

— Justement, j'y pense. Ils vont tous rire de moi. De quoi aurai-je l'air? Me déguiser en fille!

J'étais intraitable. Jamais on ne me ferait faire une idiotie pareille!

— Bon... a soupiré M. Dion, vaincu.

Il s'est efforcé de sourire pour se requinquer.

— Aimerais-tu voir le carrosse de Cendrillon? a-t-il proposé à Karina.

Vivement, elle est sortie de l'auto et nous a suivis jusqu'au hangar.

Cette fois, M. Dion ne s'est pas inquiété des espions. Il a ouvert les portes et a fait entrer les invités. Il leur a montré sa formidable citrouille, sans cérémonies et sans enthousiasme. Il n'avait plus cinq ans.

Il était redevenu un père et un maire, avec des soucis.

Karina, quant à elle, paraissait à la fois émerveillée et tellement triste! Je me suis dit qu'elle avait peut-être mis des heures à se coudre une robe, comme l'avait fait la vraie Cendrillon.

Si seulement sa marraine, la bonne fée, avait pu surgir à cet instant et faire disparaître ses boutons! Malheureusement, c'était la vraie vie. Sans magie.

Je me faisais ces réflexions en retournant à la maison avec

Des citrouilles pour Cendrillon

Karina. Nous étions partis avant les trois autres. Karina se sentait trop fiévreuse et moi, je craignais que Ric attrape un rhume. Je voulais le ramener au chaud.

Plutôt que d'entrer avec moi, Karina s'est dirigée vers l'auto de son père. Elle a ouvert le coffre et en a retiré un grand sac qu'elle est venue me porter à la cuisine.

— Tu sais, Fred, je crois à la magie. Enfile ça et présente-toi devant Gérard Dion. Tu verras si j'ai raison.

Et elle est partie sans s'expliquer.

4
Une meule de foin

Je me suis regardé dans le miroir. J'avais l'air d'une folle. D'un fou, je veux dire. La magie, à cette minute, ne m'atteignait pas une miette. Je me sentais ridicule, un point, c'est tout.

À cause de Karina, j'avais quand même fini par endosser la tenue de Cendrillon. Ses dernières paroles me trottaient dans la tête. J'étais curieux de voir ce qui se produirait lorsque M. Dion m'apercevrait.

Comme je ne voulais pas salir les chaussons de ballet de Karina, j'ai gardé mes bottines. Avec une robe de tulle et de satin blancs, c'était d'un chic fou!

J'ai pris mon courage d'une main, mon fou rire de l'autre, et j'ai foncé.

Dion et fils étaient en train de travailler dans le hangar, dos à la porte. Ils ne m'ont pas vu ar-

river. J'ai toussé pour attirer leur attention. Guillaume m'a entendu le premier. Bouche bée, il m'a examiné des pieds à la tête, avant de tirer son père par la manche.

Gérard Dion n'a pas éclaté de rire. Il s'est levé, est venu vers moi et m'a pris dans ses bras. Il m'a soulevé et a posé sur ma joue un gros baiser sonore comme ceux de mon père. Il avait les larmes aux yeux.

J'étais très embarrassé et aussi très ému. Je comprenais ce que Karina avait voulu dire. La magie, ça pouvait être de rendre à quelqu'un un morceau de bonheur perdu.

J'avais mis la robe par curiosité et pour faire plaisir à Karina. Désormais, je n'avais plus le choix. Je devais jouer le rôle de Cendrillon.

Jamais je n'aurais le coeur de décevoir Gérard Dion une autre fois. Et puis Karina comptait sur moi. Autrement, pourquoi m'aurait-elle laissé cet habit?

J'ai repensé à la façon dont elle avait pris Ric dans ses bras. Elle m'avait donné une bonne leçon. Je cachais Ric parce que j'étais certain que les gens riraient de lui. Au fond, qu'est-ce que j'en savais?

Et s'ils avaient ri, qu'est-ce que ça aurait changé? Ric était toujours Ric, mon chat adoré.

Déguisé en Cendrillon, je serais toujours Fred. Alors aussi bien m'amuser. Guillaume et son père m'ont confectionné une perruque avec de la paille. C'est tout ce qu'il y avait de blond à portée de la main.

Quand ils me l'ont posée sur la tête, on a failli mourir de rire. Ça avait l'air de ce que c'était: une meule de foin. À preuve, dès que j'ai eu le dos tourné, le cheval me l'a arrachée et a commencé à la manger. Il a fallu en fabriquer une autre.

Le moment de se rendre au défilé approchait.

Guillaume a revêtu son costume de cocher et son père nous a pris en photo. On rigolait bien parce qu'on formait un si beau couple, mon ami et moi. Ric, entre nous deux, complétait le portrait. Notre bébé avait du poil au menton!

Finalement, Guillaume a tiré sur les rênes et le carrosse s'est ébranlé. Nous avions cinq kilomètres à parcourir pour nous rendre au lieu de rassemblement des participants. Ce n'est pas beaucoup, cinq kilomètres, mais en véhicule du siècle dernier, c'est énorme.

Le père de Guillaume nous a suivis quelque temps. Quand il a constaté que tout allait bien, il nous a dépassés. En tant que maire, il devait inaugurer la fête. Il fallait qu'il soit en ville bien avant nous.

Ric et moi, nous nous étions installés avec Guillaume sur le banc du cocher. Emmitouflé jusqu'au cou, mon minet ronronnait, confortablement installé sur mes genoux.

Le carrosse ondulait à gauche et à droite, à la manière d'un bateau. L'air frais nous picotait le nez. La campagne de Saint-Yaya sentait bon. Elle était belle.

Les grands champs bien plats, délimités par des arbres pointus, avaient été labourés pour l'hiver. Les sillons ressemblaient à des raies dans une chevelure rousse et les arbres, à des barrettes vertes.

Guillaume, Ric et moi, nous faisions un formidable voyage.

De temps à autre, mon ami faisait claquer son fouet et les chevaux accéléraient. L'énorme potiron bougeait sur son support et nous rappelait de faire attention.

Cette citrouille représentait beaucoup pour le père de Guillaume. Elle était une façon de montrer à tout le monde que

Des citrouilles pour Cendrillon

l'avenir de Saint-Yaya résidait vraiment dans la culture de ce fruit.

M. Dion nous avait expliqué tout ça au moment de confier les rênes à Guillaume. Il comptait sur nous pour lui faire honneur.

Dès que le carrosse menaçait de prendre trop de vitesse, Guillaume tirait sur les brides et les chevaux ralentissaient. Tout a bien fonctionné… jusqu'au dernier kilomètre.

Comme prévu, nous avons fait une halte et j'ai pris place dans la citrouille. Ensuite, nous nous sommes remis en route sans traîner. C'est peu après qu'a surgi un obstacle inattendu, et que les ennuis ont commencé.

5
La clé des champs

Avant le départ, le père de Guillaume avait taillé des fenêtres dans la citrouille. Une petite devant, qui me permettait de voir Guillaume et de lui parler. Une autre petite derrière, pour surveiller la route. Et deux grandes à carreaux, dans les portes, pour permettre aux gens de voir Cendrillon.

Il n'était pas question que je sorte. Les portes, évidemment, étaient seulement tracées. Elles ne s'ouvraient pas. L'énorme courge aurait risqué de s'affaisser avec de pareilles ouvertures. Je m'étais glissé à l'intérieur grâce à un système de câbles conçu par Gérard Dion.

J'étais un peu prisonnier, mais ça ne faisait rien. Le père de Guillaume avait tout fait pour rendre ma «détention» agréable. Il m'avait donné plein de bonbons, de croustilles, de sodas et un petit pot, au cas où...

Pendant le défilé, je n'aurais qu'à sortir la tête par une fenêtre, saluer et lancer des pépins de citrouille grillés aux enfants. Une tâche pas trop difficile.

Nous étions repartis depuis quelques minutes quand un véhicule s'est approché. Une longue voiture noire aux vitres teintées.

La limousine nous a dépassés et est venue se placer à côté de nous, au milieu de la chaussée. Il y avait trois hommes à l'arrière. Ils nous faisaient des signes. Guillaume a envoyé la main à nos admirateurs.

Ils ont continué de gesticuler. Ils voulaient qu'on s'arrête.

Le temps filait. On risquait de se mettre en retard. Guillaume a tapoté sa montre pour indiquer qu'il était pressé.

J'observais la scène en restant caché. Ça m'amusait de jouer à l'espionne. À l'espion, je veux dire. (Ma foi, je me prends vraiment pour Cendrillon!)

Impatient, le chauffeur a klaxonné à fond.

L'avertisseur de la limousine émettait un son strident. Son bruit déchirait les oreilles. Les chevaux ont pris peur. Ils se sont mis à galoper comme des fous. Pour comble de malheur, la route, à cet endroit, déclinait. Une pente assez abrupte et surtout très longue.

Plus moyen d'arrêter les chevaux. Guillaume avait beau tirer sur les guides et crier: «Wo, bébé! Wo!» comme son père le lui avait appris, rien ne fonctionnait. L'attelage s'était emballé.

Des citrouilles pour Cendrillon

À l'intérieur de la citrouille, c'était comme dans une navette spatiale au moment du décollage. Du moins je l'imagine. Ma capsule de pulpe et d'écorce était secouée dans tous les sens. Et plus on descendait, plus le mouvement s'amplifiait.

Si Guillaume ne trouvait pas rapidement un moyen de ralentir les bêtes, la citrouille s'arracherait de son cadre en métal. Après tout, elle n'y était enfoncée que d'une quinzaine de centimètres. Il n'était pas prévu qu'on se lance dans une course!

Tout allait si vite! Je n'avais même pas le temps d'avoir peur. Enfin pas pour moi ni pour Ric. Par contre, je m'inquiétais pour Guillaume. Je craignais qu'il soit éjecté de son siège.

Je l'encourageais du mieux que je pouvais et je criais avec lui: «Wo, bébé! Wo!» Dans la limousine, les passagers hurlaient aussi. Ce qui empirait la situation.

La suite, c'est Guillaume qui me l'a racontée à mon réveil.

Mon ami a senti le chariot s'alléger brusquement. Il a jeté un bref coup d'oeil de côté et qu'est-ce qu'il a vu? La citrouille qui s'apprêtait à le doubler.

Moi, j'étais accroupi contre une paroi, Ric agrippé à moi. Je devais ressembler à un chiffon dans une lessiveuse. Je me faisais secouer sans arrêt.

Si la route avait remonté doucement, la citrouille se serait sans doute arrêtée d'elle-même.

Ce n'est pas ce qui s'est produit.

Des citrouilles pour Cendrillon

Heureuse de retrouver sa liberté, la courge a pris la clé des champs. Elle a roulé, roulé... de plus en plus vite puisque la pente continuait.

À l'intérieur, c'était devenu infernal. Je priais pour que ça se termine enfin. J'avais vraiment mal au coeur. Et tout à coup, plus rien.

Guillaume avait réussi à arrêter les chevaux. Debout sur son siège de cocher, il a vu la citrouille qui fonçait tout droit vers un pylône, entrer en collision avec le pilier de métal et... exploser.

Il a pris ses jambes à son cou et a couru vers moi, suivi de près par les hommes de la limousine.

Quand ils sont arrivés, je gisais inconscient sur le sol. J'étais, comme on dit, dans les pommes. J'avais été projeté avec le couvercle de la citrouille, et je m'étais écrasé contre le pilier de la tour. Sans ce malencontreux hasard, je m'en serais probablement tiré avec quelques prunes.

6
Bing et Bang

Je me suis réveillé à l'hôpital. J'avais mal partout. Mes parents étaient là avec mon petit frère, les larmes aux yeux. Il y avait aussi Guillaume, son père et un inconnu à lunettes et à moustache.

— Où est Ric? ai-je murmuré.

J'avais les mâchoires comme du papier mâché.

— Sain et sauf, a répondu Guillaume. Nous l'avons ramené chez toi.

J'avais déjà un peu moins mal.

— J'ai quelque chose de cassé?

— Deux jambes, un bras et le bassin, a pleurniché ma mère.

— Et la citrouille?

— En compote, a blagué Gérard Dion. Mais ça ne fait rien. Ce qui compte, c'est que tu sois vivant.

— Je suis si désolé! a commencé Guillaume, un noeud dans la gorge.

— Tu n'y es pour rien, mon pauvre enfant, est intervenu le type à lunettes. C'est entièrement ma faute. Je n'ai pas réfléchi; j'étais obsédé par mon film. Je n'aurais jamais dû demander au chauffeur de klaxonner.

Je ne comprenais rien à ce qu'il racontait. J'ai réclamé mes lunettes. Il me semblait que j'y verrais plus clair. Ma mère m'a glissé sur le nez une sorte de bricolage pas très réussi. Une broche tordue avec deux lentilles égratignées.

— Désolée, mon petit lapin. Les nouvelles seront prêtes seulement demain.

— Je suis producteur de cinéma, a repris Monsieur moustache. Je faisais du repérage quand j'ai aperçu cette extraordinaire citrouille tirée par des chevaux. Exactement comme une diligence des années 1800.

Le producteur avait cru devenir fou. De joie, a-t-il précisé. C'était de l'or en barre pour le film qu'il se préparait à tourner. Une parodie de western mettant en vedette les humoristes Bing et Bang.

Son équipe avait abouti à Saint-Yaya à cause de sa célébrité.

Des citrouilles pour Cendrillon

— Saint-Yaya est célèbre? me suis-je étonné faiblement.

— À cause de la culture de citrouilles, tu ne le savais pas?

J'ai tourné la tête vers Gérard Dion. Je lui ai adressé le plus beau sourire dont j'étais capable dans les circonstances. Je n'étais pas seulement ankylosé. J'étais triste. M. Dion avait raté sa chance de figurer au grand livre des records Guinness.

— Ne t'en fais pas, mon gars. Une citrouille de perdue, dix de retrouvées.

— Si ça peut te consoler un peu, Fred, a poursuivi le producteur, sache que cette histoire tourne à l'avantage de tes amis.

— Comment?

— Nous avons loué la ferme de M. Dion pour notre film.

— Nous allons faire pousser une autre citrouille géante… a ajouté Guillaume.

— … qui sera, elle aussi, transformée en carrosse conduit par Bing et Bang. Ton ami et son père leur serviront d'instructeurs. Et toi, Fred, tu seras toujours le bienvenu sur les lieux du tournage. Après tout, tu as déjà investi pas mal dans cette production.

L'homme a eu un petit sourire embarrassé. Il est parti en promettant à mes parents qu'il paierait tous les frais non remboursés par les assurances. Mes lunettes, par exemple.

Je lui ai demandé s'il ne pouvait pas me trouver, d'urgence, deux jambes et un bras. Dans ses accessoires de cinéma, peut-être…

Il a rougi jusqu'aux oreilles. Il ressemblait à une citrouille au soleil couchant.

7
Remue-ménage

Grand-maman Jaki a écouté toute mon histoire sans bouger d'un poil.

Elle se lève et va à la fenêtre. Les jours sont courts, en novembre. Il fait déjà noir. De mon lit, je ne peux pas voir dehors. Mais j'aperçois le reflet des lampadaires sur la vitre.

— Et Karina? s'enquiert Jaki. Elle est venue te visiter?

— Elle viendra la semaine prochaine. Elle m'a envoyé une petite note par Guillaume.

— Il faudra lui indiquer de venir à la maison. Pas à l'hôpital.

— Tu sais bien que je ne peux pas sortir de l'hôpital. Il faudrait que maman s'occupe de moi à temps plein. Avec Paul, ce n'est pas possible. En plus, elle doit aider papa à la poissonnerie.

— Eh bien voilà à quoi servent les grands-mères, mon Fredo.

— Tu vas rester?

— Aussi longtemps que tu auras besoin de moi.

— Alors je vais bientôt retrouver mon chaton?

— Après-demain.

Je ne sais pas quoi dire, tant je suis content. Merci me semble un mot tellement trop petit!

— Je t'aime, mamie.

Grand-mère se penche, m'embrasse sur le nez et se relève.

Elle se met à déplacer les meubles. Elle pousse les fauteuils et la petite table qui se trouvent contre le mur de la fenêtre.

Qu'est-ce qui lui prend, tout à coup? Avec ma grand-mère Jaki, on peut s'attendre à tout.

Une fois son remue-ménage terminé, elle s'attaque à mon lit. Grâce à ses roulettes, elle peut facilement le déplacer. Elle m'ordonne de fermer les yeux, me conduit à la fenêtre et me permet de les rouvrir.

Je regarde dehors. Il neige!

Marie-Danielle Croteau

L'été
du cochon

Illustrations
de Bruno St-Aubin

la courte échelle

1
Une épine dans le pied

J'adore le mois de mai. Les journées allongent, il commence à faire chaud, les vacances approchent. Et surtout, il y a la foire agricole de Saint-Yaya, à laquelle je suis toujours invité. Sans la vente de chocolat, mai serait un mois parfait.

Mais il y a la vente de chocolat.

Assis sur mon lit, je broie du noir en caressant mon chat. Je suis tellement préoccupé que je ne me rends pas compte de ce que je fais. Je suis en train d'étouffer le pauvre minet. Maman arrive

et le trouve aplati dans mes bras,
en train de battre l'air avec ses
pattes arrière.

Ma mère pousse un cri. Je sur-
saute et, du même coup, Ric se li-
bère. Il s'enfuit dans la cuisine

en miaulant comme une scie à ruban.

— Fred! me gronde maman. Ce n'est pas une façon de traiter un animal!

Je lui explique mon problème et lui montre le carton de chocolat dans mon placard. Cinquante barres de deux cents grammes — aussi bien dire une montagne!

— Étais-tu obligé d'en prendre autant? me demande-t-elle.

Je triture mes coussins, ma couette, mes oreillers. N'importe quoi pour ne pas avouer mon erreur. Je me suis laissé entraîner par Dubois et Melanson. Ils se vantaient de pouvoir en écouler le double en une seule fin de semaine.

Ma mère me saisit les mains et les immobilise.

— Arrête, Fred! Calme-toi! Tu vas finir par déchirer ton oreiller!

À défaut de me défouler sur les objets qui m'entourent, j'explose:

— Je n'y arriverai jamais!

— Allons, allons, mon trésor! Ce n'est pas la fin du monde!

— C'est la fin du monde pour moi! Je vais manquer mon voyage à cause de ce chocolat!

Maman avait oublié la foire agricole et ma fin de semaine chez Guillaume. Elle lève les bras au ciel:

— Tu n'as qu'à vendre ton chocolat à Saint-Yaya!

Quelle idée de génie! Je regarde ma mère et je ne la vois pas. À sa place, il y a une tache de lumière. Ou un rayon de soleil. Quelque chose, en tout cas, qui brille et qui est chaud. Et qui me prend dans ses bras.

2
Bain de boue

— Sais-tu, Fred, que le cochon est un des animaux les plus propres de la création?

Je n'en crois rien, évidemment, mais je joue le jeu et je fais l'intéressé. Le père de Guillaume adore se moquer de moi, son «citadin préféré». À chacune de mes visites, il essaie de m'en passer une.

Un jour, il m'a expliqué que les vaches se trayaient par la queue. Une autre fois, il a prétendu qu'elles donnaient de la crème glacée en hiver. Aujourd'hui, c'est au tour des porcs.

Nous sommes plantés devant leur enclos et nous les regardons se goinfrer.

— Ils ont le cou trop court pour se nettoyer avec la langue, alors ils se roulent dans la boue. Ça les débarrasse de leurs parasites. Sais-tu combien ta mère paie pour un bain de boue?

Je rigole. Ma mère se baigne dans l'eau, comme tout le monde.

M. Dion tire de la poche de sa salopette une revue pliée en quatre. Il me la tend en montrant du doigt la publicité d'un institut de beauté.

— Cent cinquante dollars! pouffe-t-il. Pour se faire badigeonner de gadoue!

Il est mort de rire. Je commence à me demander s'il ne parle pas sérieusement pour une fois.

Car, enfin, l'annonce est là, et c'est écrit noir sur blanc.

— Alors si les cochons sont propres, pourquoi donne-t-on leur nom à ce qui est sale?

— Ah! soupire M. Dion. Les gens sont bêtes! Ils ne se fient qu'aux apparences. Regarde-les attentivement, Fred. Ne sont-ils pas mignons?

Il est pâmé d'admiration. Le plus léger des verrats pèse environ cent trente-cinq kilos et il en parle comme d'un toutou.

M. Dion enjambe la clôture et va lui gratouiller la tête. Puis il saisit son oreille rose, l'étire. Il y chuchote quelques mots que je n'entends pas.

Surpris, je me tourne vers Guillaume. Son père a-t-il perdu l'esprit?

Mon ami m'explique à voix basse:

— Il est en train de le conseiller. C'est son poulain pour la course de dimanche.

Je ne comprends pas. Comment un animal peut-il être en même temps un cochon et un cheval?

Guillaume s'impatiente:

— Un poulain, ça veut aussi dire un protégé, Fred. Un débutant qui a beaucoup de talent et que quelqu'un encourage. Mon

père entraîne Omer depuis l'au-
tomne dernier. Il est certain que
son cochon remportera le premier
prix.

— Qu'est-ce que c'est? Une
médaille en or?

— Un tracteur neuf! Il en
aurait vraiment besoin!

— Et qui montera Omer? Ton
père?

— Oh non! Il est bien trop
grand. Ses jambes toucheraient à
terre.

Il se frappe la poitrine:

— C'est moi, le cavalier!

— Et tu ne m'en as jamais par-
lé!

— J'avais peur que tu ries de
moi. Tu ne ris pas?

— Est-ce que j'ai l'air de rire?

— Un peu, tout de même…

J'ai un mal fou à me retenir.

Heureusement, M. Dion nous rejoint et nous entraîne vers la maison. Soudain, il commence à me parler de la dentition d'Omer.

— Sais-tu, Fred, qu'un cochon a quarante-quatre dents?

Quarante-quatre! Dans ma tête, je vois apparaître Omer avec une gueule de requin. C'est trop, je n'en peux plus. J'éclate. Je ris tellement que je glisse et tombe sur le derrière.

M. Dion brandit sa publicité sur les bains de boue.

— Profites-en, Fred! Ici, c'est gratuit!

3
Une petite faim

Le lendemain, samedi, nous partons tôt pour la foire. M. Dion nous emmène d'abord voir la machinerie agricole.

Au bout d'une heure, Guillaume et moi sommes exténués. Nous avons mal au cou à force de regarder ces monstres par en dessous. Leurs roues font deux fois notre taille. Impossible d'atteindre le siège sans grimper sur un escabeau.

— Ça ressemble à des chars d'assaut, dis-je à Guillaume.

— Regarde celui-là, répond mon ami. Il sert à récolter les pois.

— Ah bon? Alors c'est un «char da soupe»!

Nous sommes si fatigués que nous racontons n'importe quoi et que nous trouvons ça drôle. Il faut avouer que nous n'avons pas beaucoup dormi à cause de mon chat.

Nous l'avions laissé à la maison pour aller visiter les cochons, et il s'est vengé cette nuit.

Il a passé son temps à courir d'un bord et de l'autre. À sauter sur le lit et à redescendre aussitôt. À me piétiner le ventre. À chasser des souris imaginaires. À miauler. À lancer sa litière sur le plancher. Quel enfer!

— Les garçons! crie le père de Guillaume dans notre dos.

Il nous tend deux billets pour les manèges.

— On vient de me les donner, explique-t-il. Profitez-en! Allez-y pendant que je continue ma visite!

Le parc d'attractions est situé à l'autre extrémité du terrain d'exposition. Entre les deux se trouvent les stands de restauration.

Guillaume se découvre une petite faim. Il engouffre des saucisses, des frites, du sucre à la crème et une barbe à papa.

Je le regarde faire et je me demande comment un estomac peut supporter un tel mélange. La réponse vient une demi-heure plus tard au sortir de la grande roue: il ne le peut pas.

Pauvre Guillaume! Il est vert pâle et ne tient plus sur ses jambes. Je réussis à emprunter une brouette et je le ramène à son père. Je me promène avec ma cargaison entre les lieuses, les épandeuses, les trayeuses.

Soudain, M. Dion nous aperçoit et éclate de rire.

C'est vrai que nous avons une drôle d'allure. J'ai tellement chaud que mes lunettes me glissent sur le nez et ma casquette me tombe devant les yeux. Guillaume, lui, est affalé en travers de la brouette. On dirait un

L'été du cochon

épouvantail qui n'épouvante plus rien.

M. Dion approche, le sourire fendu jusqu'aux oreilles.

— As-tu gagné le gros lot, Fred?

Puis il se rend compte que ce n'est pas une farce. Son fiston ne joue pas la comédie, il est malade!

— Que s'est-il passé? demande M. Dion, affolé.

Le coeur au bord des lèvres, Guillaume soupire:

— Je crois que j'ai un peu fait le cochon...

4
Le remplaçant

Mon ami dort sur le sofa et son père se berce en fixant le plafond. Il doit penser au tracteur qu'il n'a plus aucune chance de gagner. Il n'a trouvé personne pour monter Omer à la place de Guillaume.

Une idée germe dans ma tête.

— Et si j'essayais, moi, monsieur Dion?

— C'est très gentil de ta part, Fred, mais c'est impossible. Tu n'as pas assez d'expérience. Tu pourrais te blesser.

Je proteste énergiquement:

— Je suis déjà monté sur un poney!

Il manque de s'étouffer.

— Ça n'a rien à voir!

Il n'est pas d'accord et ne me laisse même pas argumenter.

— Il est tard, mon garçon. Allons nous coucher.

Il me souhaite bonne nuit et ajoute:

— Tu verras, la nuit porte conseil.

Il s'imagine que je changerai d'idée en dormant mais, le lendemain, je suis plus décidé que jamais. Je me lève à cinq heures trente et j'accompagne M. Dion à l'étable sans parler de rien.

Pendant qu'il trait les vaches, je monte dans la grange. Je connais bien cet endroit. Guillaume et moi y jouons chaque fois que je viens à la ferme.

Dans un coin se trouve une réserve de grains entourée d'un muret de bois aussi haut qu'Omer. D'un côté, il y a une épaisse couche de blé et, de l'autre, du foin en vrac. Le lieu idéal pour mon entraînement.

Je m'installe à califourchon sur le muret après y avoir placé une vieille selle en cuir.

Devant, j'ai fixé un pantalon roulé en boule, poches retournées. Ça imite la tête d'Omer et ses oreilles. Derrière, un bout de chiffon tortillé remplace la queue du cochon.

Mon entraînement commence par un petit trot. Que-clouc, que-clouc, que-clouc. Puis je passe au grand trot. Tac, tac, tac, tac. Et enfin, le galop. Tacatac, tacatac, tacatac.

Boum! Je tombe à la renverse dans le grain. Je me relève, me dépoussière et recommence.

Soudain, j'aperçois M. Dion qui m'observe en mâchouillant un brin de foin.

— Tu t'amuses bien, à ce que je vois!

— Je ne joue pas. Je me prépare!

Il fronce les sourcils. Il n'est toujours pas d'accord. Pourtant, cette fois, il me laisse parler et je réussis à le convaincre.

— À une condition, précise-t-il.

— Laquelle?

— Tu porteras un casque, des genouillères et des coudières.

— J'aurai l'air d'un parfait idiot!

— C'est ça ou rien, mon garçon. Je ne peux pas courir le risque que tu te blesses.

Je bougonne un peu, mais comment espérer remporter la course si je n'y participe pas? Alors tant pis. J'aurai l'air que j'aurai…

5
Une tortue sur le dos d'un cochon

Guillaume est encore couché lorsque je retourne à la maison. Il est presque aussi blême que la veille. Il ne peut rien avaler. Il dit qu'il a trop mal au coeur. Pour le consoler, je lui apporte mon minet. Mon ami sourit tristement.

Je m'assois sur son lit et lui explique mon plan.

— Tu ferais ça pour moi?

— Pour toi et pour ton père. C'est grâce à vous si j'ai eu le chat de mes rêves!

— Tu n'as pas peur de tomber?

— Ton père m'oblige à porter un casque, des coudières et des genouillères.

— Pauvre toi! Tu auras l'air…

— … d'une tortue sur le dos d'un cochon. Je sais!

M. Dion accourt en nous entendant rire. Heureux de voir apparaître des couleurs sur les joues de Guillaume, il le serre dans ses bras.

Je ne sais pas pourquoi, je pense au soleil après la pluie. Et je me dis que mai est vraiment le plus beau mois de l'année.

Puis, brusquement, je me souviens du chocolat. Zut! Je l'avais oublié! On est dimanche midi et je n'ai pas écoulé une seule tablette!

J'abandonne Guillaume et son père sous prétexte d'aller me

préparer. En vérité, je viens de me rendre compte que je suis coincé.

J'ai deux possibilités. Vendre du chocolat pour aider ma classe ou participer à la course pour aider Guillaume et son père.

Que faire?

J'ai besoin d'énergie pour réfléchir. J'attrape une tablette de chocolat et je sors. Je décide de visiter les cochons. Peut-être qu'en les voyant la réponse m'apparaîtra clairement?

Omer a été traité aux petits oignons. M. Dion l'a lavé et l'a installé dans un enclos privé, couvert de paille fraîche. C'est vrai qu'il est mignon. Il s'approche de moi, le museau aux aguets.

Il paraît que l'odorat du cochon est très développé. Je m'en souviens trop tard. Le chocolat que je tenais à la main a déjà disparu, englouti d'un seul coup. Le cochon! Il n'a même pas pris le temps de le mâcher! Et il continue de renifler ma main!

Insulté, je tourne les talons et m'apprête à m'éloigner quand une idée me traverse l'esprit. Je cours retrouver M. Dion et lui demande:

— Si je gagne le tracteur pour vous, est-ce que vous m'achèterez mon chocolat?

Le père de Guillaume rigole.

— Ce ne serait pas très cher pour un tracteur neuf, Fred. Tu n'es pas un bon homme d'affaires!

Je trépigne d'impatience:

— Alors? C'est oui ou c'est non?

— Et si tu ne gagnes pas?

— Je gagnerai.

— Voilà un garçon bien déterminé! s'exclame-t-il en me tapotant le dos. En plein l'étoffe d'un champion!

Là-dessus, il me donne une poignée de main qui m'amène à

douter de ma force. Quoique ce ne soit pas la force qui me permettra de remporter cette course. C'est la vitesse d'Omer. Et ça, je sais comment l'obtenir!

6
Un pétard au derrière

Maman me l'a répété cent fois: le sucre est un excitant. Si je mange trop de bonbons, je deviens super-énervé. La seule façon de me calmer est de courir jusqu'à épuisement. Autrement, je n'arrive pas à dormir.

Omer avale l'une après l'autre les tablettes de chocolat que je déballe pour lui. Quelle bombe, lorsqu'il les aura digérées! Je n'aurai qu'à bien m'accrocher, et le tour sera joué. À moi les honneurs, à M. Dion le tracteur!

L'heure du départ approche. Voici d'ailleurs M. Dion qui vient

chercher Omer avec sa camion-
nette.

Repu, le cochon s'est affaissé
dans un coin de son enclos. Il re-
fuse de bouger. Inquiet, le père
de Guillaume lui passe une laisse
autour du cou. Il tire de toutes
ses forces. Rien à faire. Omer
semble collé au sol.

M. Dion se gratte la tête. Il n'a

jamais vu son «poulain» dans cet état.

À défaut d'une meilleure solution, il opte pour les grands moyens. Il lui pique une fesse avec sa fourche. Omer bondit. On dirait qu'on lui a fixé un pétard au derrière et qu'il essaie de l'arracher. Il tourne comme une toupie. Il court après sa queue.

Guillaume a rassemblé son énergie pour nous accompagner. Il est assis dans le camion avec mon chat et il rigole. Il n'a jamais rien vu de plus drôle, affirme-t-il.

Moi, je m'imagine sur le dos de cette toupie et je ne ris qu'à moitié. Aurais-je exagéré? Heureusement, Omer finit par se calmer. Il s'écrase sur la paille, s'endort et se met à ronfler.

— C'est à n'y rien compren-
dre! s'exclame Gérard Dion, désespéré.

Le père de mon ami déroule
un tuyau d'arrosage et douche
Omer à l'eau froide. Le cochon
s'ébroue et se relève pénible-
ment.

— Il est sauvé! s'écrie joyeu-
sement M. Dion.

Puis il me donne une grande
tape dans le dos:

— Tu t'imagines, Fredo, si
Omer nous avait fait faux bond?
Il aurait fallu que tu passes l'après-
midi à vendre du chocolat!

7
Bande à part

Les participants sont sur la ligne de départ. Nous sommes une vingtaine, tous à peu près du même âge et de la même taille. Nous nous ressemblons, et nos cochons se ressemblent aussi.

Omer et moi faisons bande à part. Je suis le seul à porter un casque sur la tête, des protections aux genoux, aux coudes et aux poignets. Et aucun autre cochon n'est couché sur le dos, les quatre fers en l'air.

Les spectateurs rient, M. Dion s'arrache les cheveux et Guillaume hausse les sourcils. Moi,

je me sens honteux et désespéré. Jamais je n'en viendrai à bout!

Un coup de feu retentit. C'est le début de la course. Les cavaliers grimpent sur leurs montures et, hop là! c'est parti.

Ils sont déjà loin lorsque je parviens, à force de tirer sur sa laisse, à redresser Omer. Je saute sur son dos et lui pique les flancs avec mes talons pour le forcer à avancer. Il ne bouge pas d'un poil.

Puis, au moment où je m'y attends le moins, Omer se dresse sur ses pattes arrière. Il exécute un pas de danse à la manière du cheval de Zorro et s'élance. Une vraie comète!

Je m'accroche où je peux pour éviter de tomber. À sa laisse, à son collier, à ses oreilles. La foule hurle de rire. Encouragé par ces cris, le cochon de M. Dion fonce à bride abattue vers les autres concurrents. Ça y est! Nous les rattrapons!

Omer poursuit sa remontée phénoménale. Nous nous frayons un chemin entre les cochons. Nous les dépassons et nous nous retrouvons en tête du peloton. Le commentateur s'époumone au micro:

— Quel sprint, mesdames et messieurs! Quel trio!

Trio? De quoi parle-t-il?

— Du jamais vu à Saint-Yaya, mes amis! Un cochon monté en tandem!

En tandem? J'ai déjà entendu cette expression… Il me semble que ça veut dire «à deux». Je n'y comprends rien et j'en perds des bouts, car Omer me donne du fil à retordre. La fin du parcours approche et je n'arrive pas à ralentir le cochon.

Soudain, les mots me rattrapent et tout s'éclaire. Je tourne vivement la tête et aperçois mon chat, agrippé à la queue du cochon.

Ce sont les griffes de Ric qui ont fait décoller et avancer Omer. Pas mes coups de pied et mon talent de cavalier!

Pauvre minet! Il a été piégé en

voulant m'aider! Je dois le se-
courir!

Ne voyant pas d'autre solution,
je me contorsionne et parviens à
me retourner sur le cochon. Je
suis maintenant face au peloton

et dos à ma destination.

Je serre les flancs d'Omer avec les jambes pour me retenir, et je me couche sur son dos. Puis j'allonge les bras et j'attrape Ric. Je tire comme si j'arrachais un chardon pris dans une chaussette de laine.

Libéré des griffes de mon chat, le cochon s'arrête brusquement. Sous le choc, mes jambes se desserrent. Je continue en vol plané, à reculons, jusqu'à la ligne d'arrivée.

Omer, lui, est immobilisé au milieu de la piste. Il regarde passer les autres concurrents, l'air de se demander pourquoi ils sont si pressés.

Je n'ai pas le temps de m'enfuir avant l'arrivée du peloton. Plaqué au sol, je vois venir vers moi un épais nuage de poussière.

Je songe au tracteur que j'ai bien failli gagner. À Guillaume et à son père qui doivent s'inquiéter. À mes parents, à mon petit frère et à ma grand-mère qui vont sûrement pleurer.

Je songe aussi au chocolat que j'ai gaspillé. À Omer qui aura peut-être une indigestion. À mon chat qui semble avoir disparu.

Puis tout devient noir et je me dis que je suis mort.

L'été du cochon

8
Une odeur de porcherie

J'entends des voix. Je vois des poils de chat. C'est bizarre, le paradis. Ça sent un peu la porcherie…

— Ne le touchez surtout pas avant l'arrivée de l'ambulance! dit quelqu'un.

— Si au moins ce matou voulait bien se pousser de là! répond une femme. Ouste! Ouste!

— Laissez-le! Vous ne voyez pas qu'il est effrayé?

— C'est drôle, ce chat aplati sur son casque. On dirait qu'il porte un chapeau de fourrure!

— Attendez! Je m'en occupe!

Ric! Viens, minet. N'aie pas peur! C'est moi, Guillaume! Tu me reconnais?

Ma tête est plus légère. Et je ne vois plus du noir, je vois de la terre. Je cligne des yeux derrière mes verres égratignés.

— Il a bougé! Fred! Est-ce que tu m'entends?

— Je ne peux pas. Je suis mort.

— Qu'est-ce que tu racontes là? Si tu étais mort, tu ne parlerais pas!

— C'est vrai, ça. Mais peut-être que je l'étais et que je ne le suis plus? Tantôt, je ne voyais que du noir.

— C'était la queue de ton chat qui pendait devant tes yeux. Regarde! Ric est dans mes bras, maintenant!

Je redresse prudemment la tête. Aucune douleur. Je me lève, bouge les bras, les jambes.

— Tout fonctionne? s'informe l'ambulancier qui surgit à cet instant.

— Cent pour cent!

— Ouf! soupirent ensemble Guillaume et son père. On a eu peur pour toi!

Moi, c'est d'Omer que je m'inquiète.

— Où est-il? Je ne le vois pas!

— On l'a emmené chez le vétérinaire.

— Ah bon? Pourquoi?

— Oh là là! Il s'en est passé, des choses, pendant que tu étais mort!

Après m'avoir éjecté, Omer s'est repris et a gagné la course. Il s'est élancé comme une flèche et a franchi la ligne d'arrivée cinquante centimètres avant les autres.

— Ensuite, conclut mon ami, il a eu une indigestion. Il s'est vidé devant la foule. Je me demande bien ce qu'il a pu manger!

Guillaume continue à voix basse:

— Les juges se le demandent

eux aussi. Le comportement d'Omer n'était vraiment pas ordinaire. Il ressemblait à un bolide de course qui a des ratés.

— Quel est le rapport avec les juges?

— Aux Olympiques, il y a parfois des athlètes disqualifiés parce

que, pour gagner, ils ont pris des produits défendus.

— Crois-tu qu'Omer pourrait être disqualifié?

— Ça dépend de ce que dira le vétérinaire.

Brusquement, le paysage se met à tourner autour de Guillaume. Mon ami s'embrouille et sa voix s'éloigne.

— Attention! hurle l'ambulancier. Il va tomber!

Il m'attrape juste à temps. Après, tout devient noir et ce n'est pas du poil de chat. Ric est resté dans les bras de Guillaume. Je le sais, car c'est la dernière image que je vois avant de m'évanouir.

9
La confession

Couché sur la civière, je pense à Omer. Je prie pour que M. Dion garde son cochon. Il est assis à côté de moi dans l'ambulance. Pas le cochon, évidemment. M. Dion. Je ne peux empêcher une larme de s'échapper.

M. Dion attrape ma main et la tapote.

— Qu'est-ce qu'il y a, mon garçon? Pourquoi pleures-tu?

— Est-ce qu'on peut mourir d'une indigestion?

— Ça m'étonnerait. Surtout pas Omer! Il perdra peut-être quelques kilos mais il les reprendra vite. Gourmand comme il est!

Je ravale mes sanglots et soupire:

— Je le sais.

— Comment?

Je ferme les yeux et respire un bon coup. Ce n'est pas toujours facile de dire la vérité. Je rassemble mon courage et lance, avec un trémolo dans la voix:

— Je croyais bien faire.

M. Dion me caresse les cheveux.

— Tu as très bien fait, Fred! Tu as gagné la course! Omer ne sera pas disqualifié, je te le garantis. Il n'a rien pris d'illégal.

— Du chocolat, ce n'est pas illégal?

— Non! Pourquoi?

— Je lui en ai donné.

— Beaucoup?

— Très beaucoup.

— Combien?

— La boîte au complet.

M. Dion se tait et réfléchit. Il doit être tellement fâché! Au bout de quelques secondes, il poursuit:

— Avec son poids, ce n'est peut-être pas tant que ça. Laisse-moi voir.

Il sort sa calculette et se met à pitonner.

— Toutes proportions gardées, c'est comme si toi, tu en avais mangé…

Il appuie sur une touche et sur-saute:

— Un kilo et quart!

J'ai la nausée rien que d'y penser. Pauvre Omer!

— Je comprends maintenant pourquoi il avait tant d'énergie, reprend M. Dion. Par contre, les ratés…

Je regarde le mur et suggère:

— Le papier?

— Quoi! Tu lui as donné aussi le papier?

Je réplique, offensé:

— Oh non, monsieur Dion! Il l'a volé quand j'avais le dos tourné…

10
Une bonne leçon

Je n'avais rien de cassé, aucune blessure cachée. Le médecin m'a renvoyé à la maison.

Une demi-heure plus tard, le vétérinaire est arrivé avec Omer. Il avait signé un document certifiant que, à part de légers troubles de digestion, le cochon était parfaitement normal. Il pourrait conserver son titre de champion.

— Hourra, papa! s'est écrié Guillaume. Nous avons gagné le tracteur!

— Oui, a répondu le père de mon ami.

On sentait qu'il était heureux.

Ce qui ne l'a pas empêché d'ajouter:

— Il reste que ça aurait pu mal tourner et que vous méritez tous les deux d'être punis.

J'ai protesté. Moi seul avais bourré Omer de chocolat. Je ne voulais pas que mon ami soit blâmé.

— Je te signale, Fred, que si Guillaume ne s'était pas empiffré, rien de tout cela ne serait arrivé. Pour votre punition, vous irez nettoyer la litière d'Omer après le repas.

Juste ça? Nous étions soulagés. J'ai mangé avec appétit et Guillaume aussi, même s'il avait encore l'estomac fragile.

Ensuite, nous avons enfilé des salopettes et nous nous sommes rendus à l'enclos d'Omer. Nous

étions loin d'imaginer ce qui nous attendait. Une vraie soue à cochons! Il y avait de la saleté partout! Il nous faudrait des heures pour nettoyer!

— Je crois que je vais vomir, a dit Guillaume.

— Pas question! me suis-je récrié. On a du boulot!

Nous en étions toujours à nous demander par où commencer quand nous avons entendu un bruit familier. Le ronron du vieux tracteur de M. Dion.

Le père de Guillaume s'est arrêté devant la porcherie:

— Alors, les gars. Ça avance?

— Ouuuiiii, a faiblement répondu Guillaume.

— J'allais vous offrir un coup de pouce, mais puisque vous n'en avez pas besoin...

Il a redémarré et s'est éloigné tranquillement. J'ai fusillé Guillaume du regard.

— Tu n'aurais pas pu te taire?

Avec le tracteur, son père aurait terminé le travail en quinze minutes. Nous, à la main, nous en avions pour des heures.

Mon ami a baissé les yeux et

a murmuré:

— C'est dur, parfois, de dire la vérité.

— Je sais, ai-je répondu. Pourtant, ça vaut la peine!

Nous avons laissé tomber nos pelles et nous nous sommes mis à courir.

M. Dion a été gentil. Il nous a aidés et, ensuite, il nous a offert une boisson chaude. J'ai failli demander un chocolat, mais je me suis ravisé. Je ne voulais pas passer pour un cochon!

Fred, volume 1

Table des matières

Découvrez les autres séries de la courte échelle

Hors collection Premier Roman

Série Sophie :
Sophie, volume 1

Série Les jumeaux Bulle :
Les jumeaux Bulle, volume 1

Série Marilou Polaire :
Marilou Polaire, volume 1

Hors collection Roman Jeunesse

Série Rosalie :
Rosalie, volume 1

Série Andréa-Maria et Arthur :
Andréa-Maria et Arthur, volume 1

Série Notdog :
Notdog, volume 1

Série Ani Croche :
Ani Croche, volume 1